# LIGUE DES PATRIOTES

Comité du XIᵉ Arrondissement

## LA

# LIGUE DES PATRIOTES

## SON BUT & SON ŒUVRE

## DISCOURS

PRONONCÉ LE 26 DÉCEMBRE 1886

A LA MAIRIE DU XIᵉ ARRONDISSEMENT

Par M. **A.-H. CANU**, Délégué du Comité

### PRIX : 50 CENTIMES

*Au profit de la « Ligue des Patriotes »*

### EN VENTE

## 22, RUE SAINT-AUGUSTIN, PARIS

Au Secrétariat de la Ligue

1887

# LA
# LIGUE DES PATRIOTES

## SON BUT & SON ŒUVRE

---

Discours de M. **A.-H. CANU**
Prononcé le 26 Décembre 1886
A la Mairie du XIe Arrondissement

---

Mesdames, Messieurs,

Depuis quatre ans passés que la *Ligue des Patriotes* existe, elle n'a pour ainsi dire pas cessé d'être l'objectif de critiques sans nombre et parfois aussi de critiques sans nom.

On nous a reproché — très amèrement — de vouloir monopoliser le Patriotisme et de faire une petite chapelle, afin de pouvoir dire : Hors de l'Eglise, pas de salut !

On a affirmé que nous étions l'instrument docile d'un parti politique.

On a prétendu que nous n'étions, nous, les 135,000 ligueurs, que des belliqueux, des tireurs de sabre, des casse-cous ne rêvant que plaies et bosses.

On a été jusqu'à dire que, si cela ne dépendait que de nous, la France serait bien vite embarquée dans les plus folles aventures.

A ces assertions, à ces reproches, permettez-moi de répondre aujourd'hui.

Jamais, je le dis bien haut, jamais il n'est entré dans l'esprit de qui que ce soit, pas plus des fondateurs, des créateurs de la Ligue que chez ceux qui se sont groupés autour d'eux, — l'idée de vouloir créer au profit de la *Ligue des Patriotes*, un monopole du Patriotisme.

Dites-moi, Mesdames, que penseriez-vous d'un enfant qui n'aimerait pas sa mère ?

Vous n'auriez pas, n'est-ce pas, de qualificatif assez méprisant à lui jeter au visage, et vous diriez avec moi que, de deux choses l'une, — ou c'est un monstre, ou c'est un cerveau détraqué !

Malgré toutes les imperfections de l'espèce humaine

au point de vue moral, ceux-là qui sont des monstres ou
cerveaux détraqués et qui n'ont pas au cœur l'amour de
la Mère qui leur a donné le jour après les avoir porté dans
son sein, et, par conséquent, l'amour de la famille, sont
des exceptions d'une rareté heureusement extraordinaire.

Comment donc l'enfant qui, dès qu'il peut comprendre,
tend les bras à ceux qui sont les auteurs de ses jours et
leur garde, à l'exclusion de tous autres, ses sourires et
ses caresses, comment l'adolescent qui porte au cœur le
respect de son père et l'amour religieux de sa mère, comment cet enfant ou cet adolescent, quand il sera devenu
homme et que son esprit s'élargissant lui permettra de
comprendre ce qu'il y a de noble et de grand sous ce seul
mot : *la Patrie !* Comment cet homme, comprenant que
c'est une autre mère pour lui, pourrait-il ne pas aimer la
fière et sainte France ?

Eh bien ! n'est-il pas absurde ce reproche qu'on nous a
jeté à la face comme une injure, de vouloir monopoliser à
notre profit l'amour de notre grande et chère Patrie ?

Nul d'entre nous ne l'a jamais rêvé, car ce serait insulter
à la nation que d'oser, fut-ce un seul instant, penser qu'il
n'y a que 135,000 français pour aimer la France !

Tous nous savons qu'à côté de nous, il y a des gens
qui aiment et vénèrent la Patrie du même amour et de la
même vénération que nous lui portons nous mêmes ! — Et
nous savons aussi que ceux-là n'ont pas, comme nous,
signé la Ligue !

Mais qui donc oserait prétendre que, parce qu'ils n'ont
pas dans la poche notre médaille de ralliement, ceux-là ne
se rallieraient pas autour du Drapeau tricolore, si jamais
quelqu'un menaçait la fière indépendance de la Patrie ou
insultait à l'honneur de la France ?

Non-seulement nous ne nous attribuons pas ce monopole, ce qui serait insultant pour nos concitoyens, mais
encore nous estimons que, dans cette France où l'on
compte 38 millions d'habitants, et où les monstres et les
détraqués sont rares, on ne doit pas être loin de la vérité
en affirmant, comme je le fais aujourd'hui, qu'il y a
38 millions de patriotes.

Ils sont plus ou moins militants, voilà tout !

Prétendre que nous voulions nous attribuer un tel monopole, c'était-là le reproche le plus cruel, c'était-là l'injure
la plus sanglante qu'on put nous adresser !

Prétendre que nous avions cette intention, parce qu'entre
gens ayant une pensée commune, nous voulions nous

réunir, nous grouper, syndiquer nos efforts pour les rendre plus puissants, c'est là une pensée absurde, c'est une accusation qui serait odieuse, si elle n'était ridicule.

A-t-on jamais songé a reprocher à ceux qui ont fondé la Société centrale des Architectes, de vouloir monopoliser leur art et prétendre qu'en dehors d'eux, il n'y a pas d'architecture possible ? Je vous l'ai dit, et je me répète : prétendre que nous ayons voulu monopoliser le patriotisme à notre profit — en tous cas ce n'a été ni au profit de la caisse de la Ligue, ni à celui de notre bourse privée — c'est élever une accusation ridicule et nous adresser gratuitement l'injure la plus sanglante.

Voilà pourquoi j'ai voulu y répondre tout d'abord et, vous le voyez, non-seulement ce n'est pas nous qui sommes les insulteurs de nos 38 millions de frères, mais c'est, au contraire, nous qui sommes insultés par une infime et triste coterie d'aveugles en délire !

Ce que nous avons voulu, ce que nous voulons aujourd'hui, ce que nous voudrons encore demain et ce que nous voudrons toujours, c'est de grouper toutes ces bonnes volontés individuelles qui sont faibles parce qu'elles sont séparées, qui sont défaillantes parce qu'elles restent inconnues les unes aux autres, de les grouper, dis-je, en un faisceau qui sera puissant et fort par l'union.

Et pour me servir des paroles de celui que nous aimons comme un ami et que nous vénérons comme un maître, j'ai nommé Paul Déroulède, je vous dirai :

« Toutes ces bonnes volontés sont de petits ruisseaux
« qui ne cherchent qu'une pente pour se réunir et former
« un fleuve ; nous avons voulu leur indiquer cette pente, les
« attirer, les diriger, afin que lorsque les eaux du fleuve
« seront assez hautes et assez fortes, elles puissent por-
« ter d'elles-mêmes le vaisseau de la Patrie jusque par
« delà les Vosges. »

C'est après que ces véhémentes paroles ont été jetées par le soldat-poëte au public d'une fête de l'Association des Sociétés de gymnastique de la Seine, le 18 mai 1882, que la Ligue fut fondée dans un élan spontané et dans une enthousiaste acclamation.

Et dès lors, appelant à elle tous ceux qui nourrissent en eux l'amour sacré de la Patrie, sans distinction de culte et sans distinction de parti, elle s'est mise au travail, poursuivant opiniatrement son œuvre, sans trève et sans repos. et cette œuvre là, c'était *le relèvement du sentiment natio-nal français*.

J'ai dit : sans distinction de culte ni de parti et je le répète, car il faut qu'on le sache et qu'on le sache bien, la *Ligue des Patriotes* n'est inféodée à aucune secte religieuse, elle n'est l'instrument d'aucun parti politique.

La *Ligue des Patriotes* n'est ni juive, ni anti-sémite ; elle n'est ni catholique, ni protestante, elle n'est que *protestataire* et ne connait d'autre religion que le culte de la Patrie et de son intégrité territoriale !

La *Ligue des Patriotes* n'est, quoi qu'on en dise, l'instrument d'aucun parti politique ; elle n'est ni opportuniste, ni radicale, ni réactionnaire ! — La seule réaction qu'elle veuille se permettre est celle qui tirera de sa somnolence le sentiment national, qui désillera les yeux de ceux qui ne veulent pas voir la force et la grandeur de la Patrie ; cette réaction qui seule pourra quelque jour nous permettre d'attacher à nouveau le drapeau tricolore à la flèche de la cathédrale de Strasbourg.

Oui, mes chers compatriotes, c'est précisément parce que la confiance en soi-même s'éteignait dans notre grande nation, parce que la France en arrivait à douter d'elle-même ; c'est parce que de ce doute, de cette défiance, il pouvait naître un lâche sommeil, prélude de la mort nationale ; c'est parce que nous n'avons pas voulu que notre sublime Patrie put tomber en décadence comme la Rome antique ou qu'elle put suivre l'exemple de l'Empire de Constantin ; c'est pour toutes ces causes-là que la *Ligue des Patriotes* s'est formée et qu'elle a grandi en s'imposant pour tâche et pour mission de tirer le pays de sa fatale léthargie et de le réveiller en lui criant aux oreilles : France ! tu n'es pas morte, relève toi et reprends l'espoir de jours meilleurs !

Et depuis mai 1882, oubliant nos préférences religieuses ou politiques, parce qu'elles ne sont que personnelles et par conséquent secondaires, oubliant tout pour travailler, unis, à l'œuvre commune, nous avons toujours et partout sonné la diane au sentiment national français, n'ayant qu'une prétention et ne voulant qu'un titre, celui que revendique Déroulède dans ses *marches et sonneries* et nous disons avec lui :

« Nous sommes, nous, des sonneurs de clairon ! »

Nous ne voulons pas, je le dis bien haut, d'autre titre que celui-là, car c'est celui qui exprime le mieux le but et la fonction de notre œuvre.

Et depuis quatre ans et demi, ne cessant pas, ni les uns

ni les autres, de regarder vers l'Est, nous avons été là tous les jours, à toutes les heures pour crier à ceux qui seraient tentés d'oublier : N'entendez-vous donc pas, làbas, vos frères d'Alsace et de Lorraine qui pleurent !

Et, comme le médecin qui veut cautériser une plaie pour la guérir, nous avons, dans la plaie par où saigne la France, tourné et retourné le fer rouge, renouvelant la douleur, mais rappelant à la pauvre amputée les dettes qu'elle doit payer et les devoirs qu'elle doit remplir.

Et si vous voulez envisager avec moi le chemin parcouru depuis ces quatre ans et demi, voyez combien de sociétés de tir et de gymnastique se sont fondées ou groupées autour de nous, où la Patrie pourra, quand elle en aura besoin, trouver des cœurs ardents pour la chérir et des bras puissants pour la défendre.

Voyez les, ces jeunes tireurs et ces jeunes gymnastes, si alertes, si forts, et en même temps si dévoués ! Admirez-les dans le culte plein de respect qu'ils rendent à la mémoire des soldats qui sont tombés pour la France dans les combats de l'année terrible, et dites-moi si leur présence à ces tristes et fières cérémonies n'est pas faite pour rendre la force à l'âme la plus affaiblie par le souvenir des heures sombres de jadis, si cette présence n'est pas faite pour remettre l'espoir au cœur le plus défaillant, si elle n'est pas la vivante paraphrase de la strophe sublime de Rouget de l'Isle :

> « Nous entrerons dans la carrière
> « Quand nos aînés n'y seront plus !.... »
> . . . . . . . . . . . .

Nous nous étions donné pour tâche et pour mission le relèvement du sentiment national ! Et maintenant nous avons cette suprême satisfaction de voir qu'il n'y a plus que bien peu de Français pour douter de la France, et nous pouvons nous écrier : Dieu soit béni ! la Patrie a confiance en elle-même !

Oui, Mesdames ! oui, Messieurs ! la France est rendue à elle-même et, maintenant, elle envisage l'avenir avec confiance, sachant bien qu'elle est assez forte aujourd'hui pour faire respecter son bon droit !

Eh bien ? cette confiance de la France en elle-même, niera-t-on que la *Ligue des Patriotes* ait travaillé à la lui rendre et qu'elle ait été, non pas le seul, mais au moins l'un des principaux facteurs de l'œuvre accomplie ? Niera-t-on que la Propagande entreprise par la Ligue, tant par la parole que par le livre, niera-t-on que cette propagande ait puissamment contribué à édifier cette immense popularité dont l'armée jouit aujourd'hui ?

Non, personne ne l'oserait ! et personne ne dira que dans les acclamations enthousiastes de la foule, quand 100,000 français crient d'une seule voix : Vive l'Armée ! Vive Boulanger !! personne ne dira que dans cet immense vivat, il n'y a pas une répercussion, un écho de l'œuvre de la Ligue !

Nier de telles évidences ? Allons donc ! Autant vaudrait, mes chers compatriotes, nier le soleil en plein midi !

Et, de l'œuvre accomplie, est-il nécessaire de vous donner une preuve ? Je la prendrai dans la haine que lui portent les allemands à cette *Ligue des Patriotes* que certains Français se plaisent à considérer comme une usurpatrice audacieuse, comme une superfétation du Patriotisme et comme une mouche du coche.

En effet, voici ce que je lis dans un ouvrage du lieutenant-colonel allemand Koettschau : *La prochaine guerre franco-allemande.*

« Si la « Ligue des Patriotes » réussit à infester davan-
« tage encore le peuple français, la prochaine guerre aura
« dé prime abord un caractère impitoyable. Même en plein
« dix-neuvième siècle, vis-à-vis d'un ennemi entraîné de
« la sorte, il n'est selon moi pas impossible que nous
« marchions en ayant pour mot d'ordre : Pas de quartier ! »

« Les allemands sont comme chacun sait, fort bons
« enfants, ils avalent bien des couleuvres, mais ils finis-
« sent par devenir désagréables et ils le deviennent d'au-
« tant plus qu'on les a plus longtemps agacés. »

Et si je tourne le feuillet de ce livre hideux, je trouve un bien plus beau témoignage de cette haine quand, après avoir dit quelles raisons lui font désirer une nouvelle guerre, l'auteur allemand ajoute :

« Si je croyais qu'après la prochaine guerre, une autre
« *Ligue des Patriotes* put encore trouver un terrain pro-
« pice, je tiendrais cette guerre pour superflue, et ceux
« qui l'auraient fomentée, je les tiendrais pour des fourbes
« et des sots. »

Ainsi la voilà cette haine que nous portent les allemands ! Elle est si intense qu'ils voudraient nous abaisser tellement, et nous mettre si bas, si bas, que nous ne puissions plus désormais sentir battre notre cœur à l'évocation des vieilles gloires de la France et qu'il nous soit à tout jamais

interdit de ressentir la moindre vibration, le moindre élan
de fierté nationale !

Mais, de ces paroles du colonel Koettschau que je viens
de vous citer, il est une autre conclusion que, je pense,
vous me permettrez de tirer. C'est que si, comme certains
français, plus naïfs que méchants, ont osé l'affirmer, notre
chère *Ligue des Patriotes* était une inutile superfétation du
Patriotisme, à laquelle ils reprochent une existence bru-
yante, des manifestations excentriques, des usurpations,
souvent plus qu'audacieuses, et qu'ils considèrent enfin
comme une vaste plaisanterie (1); si la *Ligue des Patriotes*
était tout cela, les allemands, qui sont des gens pratiques,
ne nous honoreraient certainement pas de cette haine.

Ainsi, vous l'avez vu, la *Ligue des Patriotes* a travaillé
pour sa bonne part au relèvement du sentiment national
français et il était dans la logique des choses que les effets
de ce relèvement se manifestassent d'abord dans l'œuvre
de la défense belliqueuse, qu'une plus grande virilité se
montrât chez notre vaillante jeunesse et que l'accroissement
du nombre des Sociétés de tir, d'escrime, de gymnastique
et d'éducation militaire fut la première résultante de la
propagande entreprise par la Ligue.

Les deux Concours nationaux de tir de Vincennes qu'elle
a eu l'honneur d'organiser — et qui n'ont certes pas été à
son profit pécuniaire — ont été une preuve irréfutable de
ce relèvement au point de vue militaire ; et ces deux
grandes manifestations ont laissé dans les esprits, je crois
pouvoir l'affirmer, un souvenir inoubliable.

Mais à cette œuvre de défense belliqueuse ne se sont
point bornés les effets, car là ne se bornaient pas les efforts.

Si c'est à ce point de vue que les travaux de la Ligue
sont le plus connus, c'est parce qu'ils avaient plus de
manifestations publiques et qu'ils représentaient en quelque sorte la vie extérieure de notre œuvre.

Mais là ne se sont point bornés ses efforts, ai-je dit ; et,
en effet, où l'action de la Ligue a été encore plus bienfai-
sante, encore plus salutaire, s'il est possible, c'est au point
de vue de la défense, non plus belliqueuse, mais industrielle, commerciale et financière.

Qui donc a mis le doigt sur la blessure et montré à la
France que l'amputation de nos deux chères provinces n'est,
quelque grand qu'il soit, qu'un petit mal à côté de la plaie
ouverte au flanc de la nation industrielle et commerciale

_________

(1) Voyez « Pas encore » du commandant Z...., page 4.

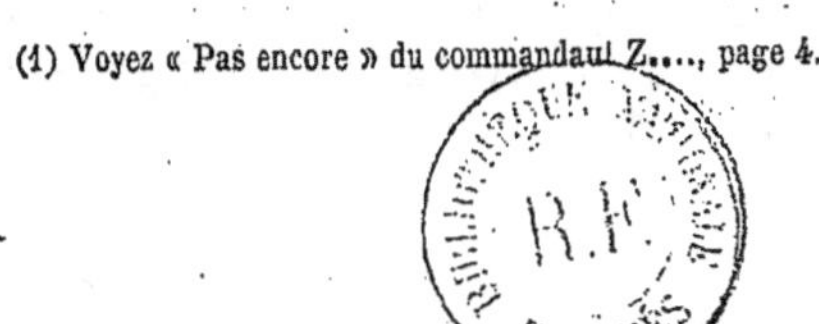

par ce terrible article 11 du traité de Francfort qui, dans notre régime douanier, accorde à l'Allemagne le traitement dit *de la nation la plus favorisée.*

Qui donc a montré cette vérité que tout le monde ignorait et que beaucoup de Français ignorent encore, si ce n'est la *Ligue des Patriotes !*

Et la masse du public, partant de ce point, qu'elle ignorait absolument l'importance que pouvait avoir un simple article de traité, si bénin en apparence, — cet article qui depuis seize ans n'a déjà que trop frappé la France dans ses intérêts les plus vitaux, — n'a vu dans l'article 2 de nos statuts où il est écrit :

« La Ligue a pour but la révision du traité de Franc-
« fort et la restitution de l'Alsace-Lorraine à la France...»

La masse du public, dis-je, n'a vu dans ces paroles qu'une menace à la paix. On a vu en nous que des belliqueux ! Et ce même public a oublié que, sous le ligueur, pleurant l'amputation de la Patrie, peut vivre et penser un industriel ou un commerçant capable en voyant les effets d'en rechercher la cause ! On n'a pas songé que, sous le ligueur, on peut trouver un penseur et un penseur pratique, pouvant venir vous dire en voyant cet effet, la crise économique sous le poids de laquelle nous nous débattons en ce moment : — « Je connais la cause de « cet effet ! et cette cause unique, ou tout au moins pri- « mordiale, c'est le Traité de Francfort ! »

Voilà ce que la grande masse des Français n'a pas vu dans la Ligue tout d'abord, ce que beaucoup ont vu depuis, et que quelques uns, des aveugles ou des entêtés, restent seuls à ne pas voir ou à feindre d'ignorer. Et c'est précisément ce qui fait qu'on nous a attaqués, qu'on nous a conspués, qu'on nous a même insultés.

Et remarquez le bien, vous tous, qui me faites l'honneur de m'écouter, c'est consciemment que je dis *nous,* car je sais fort bien que les attaques n'ont été dirigées presque que contre un seul ! mais je dis *nous,* pour affirmer ici, une foi de plus, la solidarité de tous les ligueurs entre eux; cette *solidarité dont la solidité* ne se dément pas, comme nous disait l'autre jour Déroulède dans un banquet offert par la Ligue à notre ami Louis Autié ; à ce jeune homme qui, à peine revenu du Tonkin où il a fait la campagne comme sous-lieutenant de réserve volontaire, ligueur de la défense nationale, y retourne, ligueur de la défense commerciale comme secrétaire du nouveau Résident général de France en Annam et au Tonkin.

J'ai peut-être tort de faire cette courte digression, mais je tenais à l'affirmer, cette solidarité, devant vous, ligueurs du XI^e, et vous me pardonnerez, je pense, en faveur de l'intention, car je reviens bien vite à ce fameux, à ce néfaste traité de Francfort.

Je vous disais tout à l'heure le traité de Francfort est, sinon la cause unique, tout au moins la cause primordiale de la crise économique actuelle. C'est une vérité que je vais vous démontrer.

Lorsqu'en 1871, Paris affamé dut se rendre, monsieur le comte de Moltke se dit : — La ruine militaire de la France est consommée ! — Et il avait cru pouvoir le dire parce que nous étions en Europe, pour nous servir du mot employé par les mathématiciens, nous étions ou plutôt la France était *une fraction réduite à sa plus simple expression*. Quand donc, ce génie militaire, — car bien que ce soit un ennemi, nous savons, nous, Patriotes français, lui reconnaître ce mérite, — quand ce génie militaire, ayant parachevé sa tâche, passa la main à son *alter ego*, le prince Otto von Bismarck, celui-ci avait par avance combiné notre ruine financière et notre ruine commerciale, je vous montrerai tout à l'heure avec quelle astucieuse habileté.

Après avoir assuré l'hégémonie prussienne en Allemagne, le Chancelier de fer voulait assurer l'hégémonie allemande en Europe. Il voulait achever l'édification du colosse germanique que nous appelons, nous, le *colosse aux pieds d'argile* ou, plus simplement et d'une façon plus parisienne, le *colosse d'occasion*.

Le feld-maréchal comte de Moltke avait acquis un titre à la reconnaissance de son souverain en nous infligeant la terrible défaite de Sedan ; le prince Otto von Bismarck ne voulait pas rester en arrière, il voulait d'abord profiter de l'œuvre de de Moltke, puis nous préparer une autre défaite, un autre Sedan, mais celui-ci dans l'Ordre commercial, financier et industriel ; et, dans l'esprit de cet homme, le second ne devait pas être moins terrible que le premier.

Le Chancelier de fer s'était dit simplement ceci : Je vais arracher à la France deux provinces et cinq milliards et lui imposer un traité de commerce. Les conséquences de cette paix seront celles-ci : Ou la France ne paiera pas les cinq milliards et alors, les intérêts se capitalisant d'une façon constante arriveront à un chiffre colossal quelle ne pourra jamais solder, d'une part ; d'autre part, j'entretiens chez elle et à ses frais, un corps d'occupation qui représente ma garantie, mais ne fera qu'augmenter sa dette, lui sucera le plus pur de son sang, l'empêchera de se reconstituer jamais, et surtout de me payer et, dans ce cas, je la tiens pour toujours sous le talon de ma botte. — Ou la France paiera par un emprunt impossible à contracter, elle restera accablée d'impôts ; mais, gardant au cœur la rage de la défaite, elle voudra, dans l'espoir et le désir d'une revanche, reconstituer son armée et son matériel de guerre ; aux impôts déjà trop lourds, elle en ajoutera d'autres, et alors je la mène à la faillite, à la banqueroute nationale.

Voilà quelle avait été l'idée première du chancelier de fer, et qu'elles hypothèses il avait prévues.

Le traité conclu, que se produisit-il ?

Je vais vous le dire ou plutôt je vais vous le rappeler, car il y a là un fait que, j'en suis sûr, vous savez tous, et que tout le monde doit savoir parce qu'il est la preuve la plus irréfragable de la sublime vitalité de notre chère et grande Patrie.

La France non seulement paya les cinq milliards, mais encore elle les paya avant terme et s'acquitta par anticipation. Et la France, ayant tout perdu, vit, après sa défaite, son emprunt quarante et quelques fois couvert, alors que l'Allemagne, après ses premiers succès n'avait pas pu réussir à couvrir un emprunt de 120 millions. — Le monde n'avait pas voulu leur prêter 120 millions, à eux, les vainqueurs et nous offrait plus de 120 milliards, à nous, les vaincus !

La France pu ainsi éviter les frais d'entretien d'une armée d'occupation ; son sol fut déblayé des troupes germaniques et, à peine le dernier allemand eut-il repassé la frontière, à peine eut-on brûlé le dernier morceau de sucre derrière la botte du dernier Teuton, notre sublime Patrie se mit vigoureusement à l'œuvre pour reconstituer et son armée et les défenses de ses frontières.

Ah ! que ce fait que l'histoire consacrera soit à jamais la gloire du grand patriote qui fut le Libérateur du territoire !

De cette effort colossal, le Chancelier fût surpris, mais non désespéré ! il nous attendait à la banqueroute, mais la banqueroute, non plus, ne vint pas.

Et ceci tendrait à prouver que ce diplomate si habile et si grand dans ses ambitieuses visées n'est pas un bien fort mathématicien, ni un bien savant physiologiste, puisqu'il n'a pas su calculer avec plus de justesse sur la richesse et la vitalité de la France.

Mais pour parer à toute éventualité et dans la crainte

qu'une de ses deux hypothèses ne se réalisat pas, il avait ajouté au traité qui, selon lui, devait anéantir la France cette nation que — je cite ses propres paroles — « Il voudrait « exterminer jusqu'aux petits enfants qui ne sont pourtant « pas coupables d'avoir de si horribles pères ! » — Il avait ajouté, dis-je, à ce traité une clause commerciale. Et cette clause c'était le traitement dit *de la nation la plus favorisée* accordée à l'Allemagne dans notre régime douanier.

L'Allemagne, sous l'impulsion de M. de Bismarck, nous attaqua alors d'un autre côté et la guerre financière industrielle et commerciale fut entreprise contre nous.

Au point de vue financier, elle inonda notre marché de valeurs invendables chez elle — Oh ! vous pouvez m'en croire il en est encore et pour longtemps couvert ! — Et les banquiers plus ou moins teutons de notre place pour qui l'argent n'a ni couleur, ni odeur, ni nationalité, ces gens qui s'inclinent et se prosternent avec la même religion devant un thaler que devant une pièce de cinq francs ; ceux-là se firent ses complices.

Après avoir peuplé les portefeuilles de nos rentiers de ces papiers qui ne sont guère bons qu'à vendre à la livre, l'Allemagne trempa dans un coup de maître qui se préparait, elle en fut la complice, sinon l'initiatrice, et le néfaste *Krach* arriva.

Mais en même temps, ils s'attaquaient à une autre classe, infiniment plus intéressante que celle des spéculateurs de la bourse, celle des travailleurs et des commerçants, des ouvriers de l'atelier ou du comptoir ; ils s'attaquaient à ceux, enfin, qui, tous les jours, sans se reposer une heure, travaillent à la prospérité, à la richesse, à la grandeur matérielle et morale de notre France bien aimée.

Au point de vue commercial et industriel le terrible traité de Francfort fut mis en œuvre et je vais vous dévoiler rapidement ce que les allemands en ont tiré comme résultats.

Voici comment avait calculé le Prince Chancelier : Les Français ayant à amortir l'emprunt qu'ils ont contracté pour me payer les cinq milliards, et à reconstituer leur armée sont écrasés d'impôts et, partant, dans une situation économique peu favorable à la production ; donc, à l'industrie et au commerce allemand de marcher.

En effet, il se produit ceci, que les allemands ont environ, par tête, moitié moins d'impôts que nous à payer ; d'où s'ensuivent : le bon marché des vivres, celui des loyers et, voire même, des matières premières, puisqu'elles ne sont pas grevées d'une taxe de production. Il s'ensuit enfin que le capital peut exiger un intérêt beaucoup plus faible et l'ouvrier un salaire beaucoup moindre puisque le capitaliste et l'ouvrier, moins imposés que chez nous, peuvent vivre à meilleur marché.

Par contre, chez nous, et précisément parce que nous avons à amortir notre emprunt et qu'il faut payer la reconstitution de notre matériel de guerre nous avons un impôt deux fois plus lourd qu'en Allemagne. La conséquence de cette situation vous la connaissez : cherté des vivres, cherté des loyers, cherté des matières premières grevées d'une lourde taxe de production ou de pénétration, plus grande exigence du capital et demande *logique* par l'ouvrier d'un salaire supérieur.

Vous le voyez, tout se tient dans ces épineuses questions économiques et chacun des facteurs d'une situation est en même temps le corollaire de celui qui le précède et de celui qui le suit, et l'on peut dire que, dans leur étude, un esprit très distingué pourrait tourner longtemps dans un cercle vicieux sans y trouver la moindre issue.

De la comparaison de la situation respective de la France et de l'Allemagne, il ressort en dernier lieu très clairement ceci, que la main d'œuvre étant logiquement moins chère et le capital logiquement moins exigeant en Allemagne qu'en France, les allemands produisent à meilleur marché que nous. Et voilà ce qui fait qu'ils présentent à nos frontières des objets manufacturés d'un prix beaucoup moins élevé que celui des produits similaires fabriqués en France.

Voilà la résultante du traité de Francfort pris dans son ensemble ; voyons maintenant la conséquence spéciale de l'article 11 qui, en ce moment, nous préoccupe surtout.

C'est donc au moment où le commerçant ou l'industriel d'outre Vosges présente ses produits à nos frontières que l'Allemagne, forte de ce fameux article XI, intervient pour dire à la France : Voici un article qui, par suite de la situation économique que je t'ai créée, est beaucoup meilleur marché que ceux que tu fabriques chez toi. Tu pourrais, ce serait un droit strictement juste, le frapper d'un lourd impôt de pénétration ; mais, non, *La force prime le droit* et, de par ma force, je jouis, moi, Allemagne, en vertu du traité de Francfort, du traitement de la nation la plus favorisée ; ce produit va donc entrer chez toi sans rien ou presque rien payer, et il ira sur tes propres marchés faire concurrence aux produits similaires de ta propre fabrication.

Voilà, mes chers compatriotes, l'effet du funeste article XI du traité de Francfort ! Et voilà comment, après avoir subi l'invasion militaire, nous subissons l'invasion commerciale.

Et pour vous citer un exemple qui vous frappera davantage, nous prendrons, si vous le voulez bien, les machines à coudre, et je vous dirai ceci : — qu'une machine faite à Paris revient, tout compris, à sa sortie de l'atelier, au prix minimum de quatre-vingt-dix francs ; tandis qu'une machine semblable, fabriquée en Allemagne, se présente en douane de Paris, après avoir payé les frais de transport, n'ayant qu'une valeur de cinquante deux francs.

Voyons quels sont les droits qui vont frapper cette importation allemande et protéger l'article français : le droit de pénétration à acquitter en douane est de 6 francs par 100 kilogs ; or, la machine complète pèse environ 32 kilogs, la voilà donc frappée de ce chef d'un droit de un franc quatre-vingt-douze centimes.

Mais elle comporte des pièces nickelées qui sont frappées d'un droit de 100 francs par 100 kilogs. C'est fort bien, mais il y en a deux kilogs environ, soit deux francs ! Voilà donc une machine qui pénètre dans le commerce français en acquittant un droit de douane de 3 francs 92 centimes, mettons en chiffre rond 4 francs, ce qui porte sa valeur de 52 à 56 francs, et qui arrive sur notre marché pour lutter avec un produit national qui revient net en sortant des ateliers du fabricant français à 90 francs ; soit une différence de 34 francs au profit de l'article allemand. Et encore je n'entre pas ici dans cette considération du bénéfice très large qui se réalise dans ce commerce où l'on vend couramment ces machines à des prix variant de 150 à 250 fr.

Comprenez-vous maintenant, mes chers compatriotes, pourquoi notre Ligue est seule dans le vrai en vous disant : Voilà ce qui nous tue ! — Pourquoi la *Ligue des Patriotes* est encore seule dans le vrai quand, envisageant la crise dont souffre la France, elle vient vous dire : Nous demandons la révision du traité de Francfort !

Mais ici, je n'ai encore envisagé qu'un des côtés de la question et je ne vous ai montré que la concurrence loyale. Ce n'est pas aujourd'hui que je veux vous dénoncer les *trucs* — permettez-moi ce mot parisien — et les fraudes qu'emploie la déloyale concurrence allemande. Chaque chose a son temps, cette journée n'est qu'une préface, le livre va venir, et successivement, dans d'autres conférences, mes amis de la *Ligue des Patriotes* et moi-même, nous vous dirons quels moyens emploient les allemands pour vous battre sur vos propres marchés.

Mais cependant, après vous en avoir tant parlé, mes chers compatriotes, je crois et peut-être serez-vous de mon avis, qu'il serait bon que je vous dise ici les termes de ce terrible article XI du traité de Francfort.

A première vue, il semble que l'équité la plus grande ait guidé la pensée et la plume du Chancelier de fer quand il rédigeait cette stipulation.

« Art. XI. — Les traités de commerce avec les diffé-
« rentes nations de l'Allemagne ayant été annulés par la
« guerre, le gouvernement français et le gouvernement
« allemand prendront pour base de leurs relations commer-
« ciales le régime du traitement réciproque, sur le pied de la
« nation la plus favorisée. »

Apparemment, quoi de plus bénin que cela? Et cette réciprocité ne respire-t-elle même pas comme un parfum d'amitié?

Oüi tout cela est vrai, en apparence! — mais au fond il en est tout autrement, car *il faut toujours* comme on dit, *compter avec son hôte* et j'ajouterai, moi, surtout quand cet hôte s'appelle monsieur le Prince Otto von Bismarck!

Par cet article, ai-je, dit nous accordons donc à l'Allemagne le traitement de la nation la plus favorisée et, par réprocité, l'Allemagne nous traite sur le même pied; seulement dans notre régime douanier français, il y a des nations plus ou moins favorisées, tandis que, dans le régime douanier allemand, il n'y en a pas! car il est essentiellement protectionniste.

On pourrait tout aussi bien dire : — Nous nous traiterons tous les deux, comme chacun nous traitons nos amis! — l'un des deux contractants ajoutant aussitôt mentalement : — Seulement, moi, en fait d'amis, je n'ai que des ennemis !

Voilà, mes chers compatriotes, à quelle aune vous pouvez mesurer la loyauté et l'honnêteté allemandes.

Elles sont presqu'aussi grandes que celles d'un homme qui, provoquant son voisin en duel, lui dirait : — Nous allons nous battre au sabre. Moi, je prendrai la lame et, toi, tu prendras le fourreau. C'est pour égaliser les chances !

Qu'en penseriez-vous?

. . . . . . . . . . . . . . . . . . . . . .

Eh bien ! croyez-vous, maintenant, que nous n'ayons pas raison, et cent fois raison, lorsque nous réclamons comme nous le faisons : La Révision du traité de Francfort?

Je ne veux pas aujourd'hui plus longtemps abuser de vos moments et je me tiens pour satisfait d'avoir pu vous démontrer ici ce qu'est réellement la *Ligue des Patriotes*, quel est son but et quelle est son œuvre.

Son but, c'est l'intégrité territoriale et morale de la France !

Et en disant l'intégrité morale, j'entends le marché français arraché à la domination allemande, j'entends notre commerce et notre industrie protégés par de sages tarifs de pénétration, j'entends la France maîtresse chez elle comme *charbonnier est maître chez lui*, j'entends, enfin, la France remise en état de lutter avec le monde entier sur les marchés du monde entier.

Par l'intégrité morale, j'entends aussi à un autre point de vue, la France forte, fière et respectée comme doit l'être la nation la plus intelligente et la plus vaillante qui soit au monde !

Et pour qu'elle soit fière et respectée, il faut qu'elle sache qu'elle a une armée nombreuse et puissante, capable d'empêcher *qui que ce soit* de toucher à ce qui reste du patrimoine national et, au besoin, de reprendre un jour, la partie qui en a été douloureusement arrachée naguère.

Cette armée-là, elle existe, elle est vaillante, prête aux derniers sacrifices, elle est, enfin, commandée par un chef habile, jeune et surtout patriote !

Quant à l'œuvre de notre Ligue, elle est simple ! Elle consiste à rappeler au malade la plaie par laquelle sa vie s'en va, par laquelle son sang s'écoule, afin que le malade s'efforce de rechercher le tampon hémostatique qui empêchera le sang de s'écouler et la vie de s'en aller par cette horrible blessure.

Je vous l'ai dit :

« Nous sommes, nous, des sonneurs de clairon !

Et c'est avec notre clairon que nous voulons, en le lui sonnant aux oreilles, contraindre le cher malade, notre pays, à se réveiller de sa lourde somnolence, à ouvrir enfin les yeux et, quand il les aura ouverts, il faudra bien qu'il se décide à examiner sa propre blessure.

Mais là ne se borne pas le devoir que nous nous sommes imposé ; nous sommes, nous-mêmes, une partie intégrante du malade et, tout en lui faisant ressouvenir qu'il porte au flanc une effroyable plaie, nous l'aidons à chercher le remède et à l'appliquer avec lui.

Voilà pourquoi, mes chers compatriotes, la *Ligue des Patriotes* qu'on insulte est au-dessus de ces insultes mêmes comme aussi elle est au-dessus des infimes luttes religieuses et des mesquines querelles de partis, c'est que la *Ligue des Patriotes* ne voit qu'une chose, dont elle rêve et se préoccupe exclusivement : l'intérêt suprême de la France !

Patriotes, qui me faites l'honneur de m'écouter ici. Et en disant : patriotes, je m'adresse autant à vous, Mesdames, qui êtes de bonnes françaises, qu'à vous, Messieurs, qui êtes de dévoués français.

Patriotes, dis-je, vous savez maintenant ce qu'il faut répondre à ceux qui, sans pudeur, au lieu de respecter notre œuvre sainte, l'insultent et la calomnient.

Vous savez ce qu'il faut dire à ceux qui affirment que nous voulons monopoliser le patriotisme à notre profit.

Vous savez aussi comment il faut répondre à ceux qui prétendent que nous sommes des tireurs de sabre et des casse-cous.

Vous savez, enfin, comment il faut accueillir ces aveugles et ces sourds qui vous diront que la *Ligue des Patriotes* a une opinion religieuse ou qu'elle représente un parti politique. A ceux-là vous n'avez qu'à répondre : — La *Ligue des Patriotes* n'a qu'une politique : celle de l'intérêt supérieur de la Patrie ! Elle n'a qu'une religion ; celle de la France et de son intégrité !

Et maintenant, Ligueurs, mes amis, plus que jamais ayez confiance et groupez-vous autour de nous pour soutenir la cause sainte du *Relèvement complet de la Patrie !* Aidez-nous dans l'apostolat que nous entreprenons à dater d'aujourd'hui.

Et vous, Patriotes qui, sans faire partie de notre Ligue, êtes venus ici sans nous connaître ou, peut-être, pour nous connaître ; vous savez maintenant qui nous sommes, pourquoi nous nous liguons et le véritable résultat vers lequel tendent nos efforts.

Signez la Ligue avec nous, vous êtes déjà des Patriotes, soyez aussi des Ligueurs ! et venez travailler à nos côtés à la défense matérielle et morale de la Patrie. Venez partager avec nous la haine intense que nous portent les Allemands et l'amour profond que nous portons à la France !

Soyez des nôtres, grossissez nos rangs ; plus nous serons nombreux, et plus vite nous arriverons à notre but si noble, si saint, si grand :

### La Révision du Traité de Francfort !

Et en attendant le jour heureux où nous atteindrons ce résultat, répétez avec nous d'une voix haute et ferme : Vive la France ! Vive l'Alsace-Lorraine ! !

# LIGUE DES PATRIOTES

> « Républicain, Bonapartiste, Légitimiste, Orléaniste, ce ne sont là chez nous que des prénoms. C'est Patriote qui est le nom de famille. »

## EXTRAIT DES STATUTS

Art. premier. — La Ligue des Patriotes est exclusivement composée de Français et de Françaises.

Art 32. — La Ligue des Patriotes ne s'occupe ni de polique intérieure, ni de religion.

Une Société d'éducation militaire et patriotique a été fondée en France, sous le nom de *Ligue des Patriotes*.

C'est par le livre, le chant, le tir et la gymnastique que cette éducation doit être donnée.

Une souscription est ouverte.

Comme il importe que tout patriote ait son nom inscrit à la Ligue et puisse, selon ses ressources, collaborer à cette œuvre de relèvement et de ralliement national, les cotisations annuelles sont reçues à partir de un franc.

*Les envois d'argent, les demandes de listes, les adhésions et toutes les communications concernant la Ligue doivent être adressées à M. Eug. Pierrat, administrateur-général, au siège du Comité, 22, rue Saint-Augustin, à Paris.*

*Toute personne qui enverra, soit une souscription individuelle de cent francs, soit une liste de souscriptions recueillies par elle, égale à cette somme, sera inscrite comme membre fondateur de l'Œuvre.*

# LE DRAPEAU

## Moniteur de la Ligue des Patriotes

### RÉDACTION & ADMINISTRATION

### 22, Rue Saint-Augustin, 22

### ABONNEMENTS :

|  |  |  |
|---|---|---|
| Un an | Paris . . . . . . . | 8 fr. |
|  | Départements . . . | 9 » |

*Pour les membres de la Ligue, un an . . . 6 fr.*